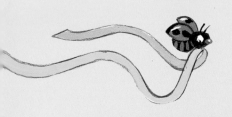

Ross Antony • Sabine Zett

Mi amigo Botones

Ilustraciones: Sabine Kraushaar

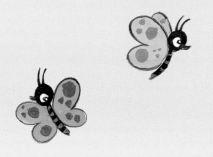

Picarona

En el País de los Peluches hay una gran agitación. Cuando juegan, comen e incluso mientras se cepillan los dientes, los animalitos de peluche sólo hablan de una cosa: ¿cuándo van a encontrar un niño que se convierta en su mejor amigo? Saben que, en algún lugar, a cada uno de ellos les espera un hogar muy especial.

Desde hace mucho tiempo, el koala Botones está esperando que llegue su turno para ponerse en marcha de una vez.

—Me gustaría encontrar a alguien que me quiera –dice siempre a los otros animalitos de peluche–. Y cuando por fin haya encontrado al niño ideal, entonces estaremos juntos para siempre. Estoy seguro de que ahí fuera hay alguien para mí.

—¿Cómo puede uno saber a quién está destinado? —pregunta el caracol Rayo.

—Yo creo que el corazón se alegra tanto que lo notas enseguida —afirma Botones.

Todos los viernes, se hace un sorteo para elegir a tres animalitos de peluche que podrán partir en busca de su mejor amigo.

Durante la noche anterior, Botones no puede dormir. Mira el cielo y las estrellas, y desea que esta vez le toque a él.

Al pensar en el niño que lo debe de estar esperando y que va a quererlo tanto, el corazón se le llena de dicha.

«Un mejor amigo para siempre… Debe de ser una sensación increíblemente bella», piensa.

Al día siguiente, los animalitos de peluche se reúnen frente
a la rueda de la fortuna. Cada uno de ellos se pone un lazo
de un color distinto. El peluchito que lleve el lazo del color
que marque la rueda será el que podrá marcharse en busca de su niño.

Botones está nervioso, y va de aquí para allá.

—¿Queréis que antes cantemos la canción de la amistad? –propone–.
Así no estaré tan nervioso.

La doctora Jirafa Gina asiente.

—¡Bailemos! ¡Qué divertido!

Los animalitos de peluche empiezan a cantar. Ya es la hora. El gallo
Miguel se dirige a la rueda de la fortuna y la hace girar con fuerza.

El corazón de Botones palpita intensamente. Observa con fascinación
la rueda de colores, que cada vez gira más despacio.

—Rojo, amarillo… ¡verde! –dice despacio.

El canguro Saltirín da una voltereta de lo contento que está.

—¡Yuju, hoy voy a reunirme con un niño!

En la siguiente rotación sale Bufi, que está tan emocionado que ladra muy alto.

—La última oportunidad. Sólo elegirán un animalito de peluche más… —susurra Botones, y se tapa los ojos.

La rueda de la fortuna traquetea por última vez.

—¡Oh! ¡Ha salido el azul! ¡Es tu color, Botones! —aplauden y exclaman los animalitos de peluche.

Botones está contentísimo; está preparado.

¡Guau! Sobre un gran arcoíris,
Botones, Saltirín y Bufi ven aparecer
un prado verde.

Los tres miran a su alrededor con curiosidad.

—¡Mirad! ¡Allí al fondo hay casas! –dice Bufi,
que mueve las orejas.

—¡Hay que ir exactamente en esa dirección! ¡Estoy muy
emocionado! –exclama Botones–. ¡Vamos, no hay tiempo
que perder!

Saltirín se sienta un momento.

—Tengo un poco de miedo –confiesa–. ¿Cómo sabré a quién
estoy buscando? ¿Es un niño o una niña?

Botones extiende los brazos hacia sus dos compañeros.

—No temáis. Estoy seguro de que cada uno de nosotros hará
la mejor elección.

Los tres llegan a una cancha en la que unos niños están haciendo deporte. Todos los niños corren velozmente. Sólo hay uno que está sentado en el banquillo y que no participa.

—¡Mirad, tiene una tirita en la rodilla! –exclama Bufi–. Parece que se ha caído.

Saltirín asiente.

—Quizás ahora tenga miedo de continuar. Yo le mostraré ahora mismo lo divertido que es correr y saltar. Siento que necesita mi ayuda.

Botones mira al canguro y le sonríe.

—¿Sabes lo que eso significa?

Los ojos de Saltirín empiezan a iluminarse.

—¿Tú crees… que él podría… ser mi nuevo amigo?

—Sí, porque te lo ha dicho el corazón –responde Botones.

El canguro asiente con alegría y salta con grandes
zancadas hacia el niño, a quien se le ha puesto
cara de felicidad al verlo venir.

Botones se alegra mucho por Saltirín y espera que cuando alguien necesite su ayuda, él también lo sienta.

Una mamá y su hija están en un parque, y la mamá le dice:

—¿Dices que quieres un perro? ¿No preferirías tener una bonita muñeca?

—¡No, mamá, por favor! ¡Yo quiero un perro! ¡Lo cuidaré siempre!

Botones y Bufi están mirando.

—Me gusta su voz y me gustaría mucho protegerla –dice el perro en voz baja–. ¿Tú crees que le gustaré?

—Eso sólo lo descubrirás cuando vayas hacia ella –lo anima Botones–. ¡Mucha suerte!

El perro corre hacia la niña. Cuando la pequeña lo ve, abre los brazos, coge a Bufi y lo estrecha contra sí.

—¡Un perro! –exclama con emoción–. ¡Qué dulce es! ¡Es justo lo que siempre he querido!

Botones se queda mirando cómo la niña estrecha a Bufi
entre sus brazos, y siente una pequeña punzada en el corazón.
¿Cuándo encontrará a un niño que lo quiera así?
¡Estaba tan seguro de que alguien estaría esperándolo…!

El sol del mediodía hace que Botones se canse. Descubre un jardín, así que se apoya en el tronco de un árbol.

Durante un momentito, Botones cierra los ojos. Cuando los vuelve a abrir, un niño rubio está cerca de él. Parece un poco triste.

De pronto, un cálido sentimiento brota en el interior de Botones.

—Hola –dice–. Yo me llamo Botones. ¿Y tú cómo te llamas?

—Raúl –dice el niño casi en un susurro.

—¿Qué te ocurre? ¿Te gustaría explicarme por qué estás triste? Quizás pueda ayudarte –se ofrece Botones.

Raúl toma a Botones de la mano y lo lleva a su casa.

—Hoy nos hemos mudado aquí –explica Raúl–.
Y ahora tengo mi propia habitación. Antes siempre
había dormido con mamá y con papá, pero aquí ya
no hace falta. Papá dice que ya soy mayor.

Botones se da cuenta de que Raúl vuelve
a estar triste, y le agarra la mano con fuerza.

—¿Y te gustaría no estar solo?

Raúl mira hacia el suelo.

—Papá me ha construido una
nave espacial en la habitación,
pero por la noche está oscuro
y el cohete no se ve.

De pronto, Botones entiende qué
preocupa al pequeño. ¡Es que tiene
miedo de estar solo en la oscuridad!

—¿Querrías enseñarme la nave
espacial de tu habitación?
–le pregunta–. Nunca he visto
algo así.

En la habitación de Raúl aún hay un par de cajas de cartón
de la mudanza, pero el techo está lleno de estrellas, y se ve
realmente acogedora.

El corazón de Botones palpita con agitación. Aquí se siente
a gusto.

¡Y él quiere ayudar a Raúl!

—Los muebles en forma de cohete son muy chulos! –dice
Botones–. ¡Con ellos se puede ir hasta la luna si se quiere!

Raúl ríe.

—Yo ayudé a papá a montarlos.

Botones le aprieta la mano.

—Sé que no quieres estar solo durante la noche. Todo es
nuevo para ti. ¿Pero sabes qué? En el País de los Peluches,
donde yo crecí, nos animamos cantando la canción
de la amistad. ¿Te gustaría escucharla?

Botones canta la canción de la amistad para Raúl. Cuando termina,
el pequeño abraza al koala de peluche.

—Gracias, ha sido muy bonito. Ahora ya no lloraré más.

Botones traga saliva. Ahora es él quien tiene un poco de miedo. ¿Acaso
tiene que volver por donde ha venido? ¡Dar mimos a Raúl es lo mejor
que le ha ocurrido jamás!

Él tiene claro que desea quedarse con el pequeño y ser su mejor amigo.

Su corazón late con mucha fuerza.

En ese mismo momento, Raúl abraza a Botones de nuevo y le dice:

—¡Botones, por favor, quédate aquí conmigo para siempre! Cuando estás a mi lado me siento más seguro y así seré capaz de dormir solo en mi habitación. ¡Me gustaría que fueras mi mejor amigo!

El koala de peluche apenas puede contener su emoción.

—¡Yo siento lo mismo, nada me gustaría más que eso!

Más tarde, por la noche, cuando Raúl ya se ha
dormido, Botones permanece despierto durante un rato. Siente
el brazo del pequeño, que lo sostiene, y mira hacia las estrellas del
techo de la habitación.

«—Lo he encontrado –piensa, feliz–. Mi mejor amigo. Raúl es el niño
para quien estaba destinado. Desde ahora, siempre estaremos juntos.
Yo soy su animalito de peluche. Su ayudante. Soy quien le consolará.
Pero cuando me abraza, mi corazón me dice que yo también soy
su mejor amigo. ¡Y no podría imaginar nada más bonito en todo
el mundo!».

Puedes consultar nuestro catálogo en www.picarona.net

MI AMIGO BOTONES
Texto: *Ross Antony y Sabine Zett*
Ilustraciones: *Sabine Kraushaar*

1.ª edición: octubre de 2018

Título original: *Mein Freund Button*

Traducción: *María Rodríguez*
Maquetación: *Isabel Estrada*
Corrección: *Sara Moreno*

© 2016, CBJ, división de Verlagsgruppe
Random House GmbH, Alemania
www.randomhouse.de
Libro negociado a través de Ute Körner Lit. Ag. S.L.U., España
www.uklitag.com
(Reservados todos los derechos)

© 2018, Ediciones Obelisco, S.L.
www.edicionesobelisco.com
(Reservados los derechos para la lengua española)

Edita: Picarona, sello infantil de Ediciones Obelisco, S.L.
Collita, 23-25. Pol. Ind. Molí de la Bastida
08191 Rubí - Barcelona - España
Tel. 93 309 85 25 - Fax 93 309 85 23
E-mail: picarona@picarona.net

ISBN: 978-84-9145-207-2
Depósito Legal: B-22.817-2018

Printed in Spain

Impreso por ANMAN, Gràfiques del Vallès, S.L.
C/ Llobateres, 16-18, Tallers 7 - Nau 10, Polígon Industrial
Santiga
08210 Barberà del Vallès - Barcelona